GALERIE UNIVERSELLE

DES HOMMES QUI SE SONT ILLUSTRÉS DANS L'EMPIRE DES LETTRES,

Depuis le Siècle de Léon X jusqu'à nos jours,

DES GRANDS MINISTRES, DES HOMMES D'ÉTAT LES PLUS DISTINGUÉS, ET DES FEMMES CÉLÈBRES,

Depuis le commencement du Monde jusqu'à nos jours ;

Ornée de leurs Portraits :

Dédiée à Leurs Altesses Sérénissimes Messeigneurs le Duc de CHARTRES, *le Duc de* MONTPENSIER *& le Comte de* BEAUJOLOIS.

PRÉSENTÉE AU ROI.

C'est en les comparant qu'on peut mieux les connoître.

VOLTAIRE.

XIme LIVRAISON.

Prix 4 livres.

A PARIS,

Chez
L'AUTEUR, M. le Comte DE LA PLATIÈRE, en son Hôtel, rue Meslay, n° 58.
DELALAIN l'aîné, Libraire, rue S.-Jacques.
MOUTARD, Imprimeur, rue des Mathurins.
BAILLY, Libraire, rue S.-Honoré, Barrière des Sergents.
SAVOYE, Libraire, rue S.-Jacques.
BELIN, Libraire, rue S.-Jacques.
LOTTIN de S.-Germain, Imprimeur, rue S.-André-des-Arcs.
BLAIZOT, Libraire, à Versailles.

M. DCC. LXXXVII.

Avec Approbation, & Privilège du Roi.

GALERIE UNIVERSELLE.

VOLTAIRE.

GALERIE UNIVERSELLE.

VOLTAIRE.

PÉRICLÈS, AUGUSTE, LÉON X & LOUIS XIV ont fait époque dans l'Hiſtoire des Lettres & des Arts; & leurs ſiécles portent leurs noms, comme un hommage rendu à l'influence de leur régne ſur les progrès de l'eſprit humain. VOLTAIRE n'eut point de Trône, comme ces Grands-Hommes; mais le Sceptre du Génie qu'il porta ſeul & ſi long-temps, doit lui mériter la même gloire. La Poſtérité, pour déſigner, dans ſes Annales, le moment où les facultés intellectuelles atteignirent le plus haut dégré, & prirent un aſcendant abſolu & univerſel, nommera le *Siécle de Voltaire*.

Paris le vit naître dans cette claſſe mitoyenne, où

ſe réfugient ordinairement les talens & les mœurs, trop ſouvent refuſés aux premiers & aux derniers rangs de la Société civile.

Des envieux mal-adroits placent ſon berceau dans la pouſſière des champs, & n'en font d'abord qu'un Pâtre : on pourroit les prendre au mot ; & alors, le Grand-Homme, dont ils s'efforcent ridiculement de flétrir la mémoire, rappellera Orphée poliçant les Humains groſſiers, aux accens de ſa Lyre.

L'Ecrivain le plus laborieux & le plus fécond de ſes contemporains, celui qui fournit ſa longue carrière, comme le plus vigoureux Athléte, laiſſoit à peine eſpérer, à ſa naiſſance, quelques jours d'une vie languiſſante.

Le premier Livre qu'il lut, fut le recueil des *Fables de La Fontaine* ; & la première qu'il goûta fut celle *du Corbeau & du Renard* : il ne manqua dans la ſuite aucune occaſion d'en faire l'application.

Voltaire, né Poëte, fit des Vers auſſi-tôt qu'il ſçut lire ; & des genoux de Ninon (1), il paſſa chez les Jéſuites, qui ſçurent bien-tôt l'apprécier. Les plus modérés d'entre eux ne s'allarmèrent point des diſpoſitions qu'il montroit. Le P. *Porée* démêla dans ſon Eléve tout ce qu'il devoit être un jour ; mais il ſe garda bien d'étouffer des germes heureux qui devoient produire de ſi beaux fruits ; & penſa que les grandes qualités du cœur dédommageroient en lui des brillants écarts de l'imagination.

Bien différent de ces jeunes Verſificateurs qui, doués de bonne heure de la ſcience des mots, croient pouvoir ſe paſſer de celle des choſes, & reſtent, toute leur vie, l'oreille pleine, & la tête vuide ; Voltaire ſe montra l'ami de la Raiſon preſqu'en même-temps que de la Rime.

Un vieux Militaire, oublié de la Cour, choiſit ſa Muſe pour truchement ; Mars dut un repos honorable aux prémices d'Apollon.

Sorti du gymnaſe, chargé de couronnes, Voltaire retourna dans la maiſon paternelle ; &, malgré les clameurs de toute ſa famille, embraſſa ouvertement l'état d'Homme-de-Lettres. Sa vocation n'étoit pas équivoque. Son premier pas dans cette lice brillante, fut un acte de bienfaiſance. *J.-B. Rouſſeau*, banni de la France, végétoit en Suiſſe, à la merci du beſoin. Voltaire partagea avec lui le legs que Ninon (1) de Lenclos avoit réſervé pour acheter des livres au jeune Protégé du bon Abbé de *Château-Neuf*.

Devenu le familier de *Vendôme* & de *Conti*, le Commenſal de *La Farre* & de *Chaulieu*, il ſe fortifia, au ſein de cette Société aimable, dans les principes de Tolérantiſme, qu'il pouſſa enſuite trop loin peut-être dans ſes Ecrits Philoſophiques, & qu'il n'obſerva pas aſſez dans ſes Pamphlets.

Son père, qui n'avoit pas la vue plus étendue qu'il ne faut à la Profeſſion qu'il exerçoit avec honneur parmi ſes concitoyens, ne vit pas, ſans inquiétude, ſon fils lancé dans ce qu'on nomme le grand monde. Il ignoroit que tous les Grands-Seigneurs ne ſe reſſemblent pas, & que, dans la foule des Inutiles-Titrés qui rampent à la Cour, & qui ſcandaliſent la Ville, il ſe trouve des *N****, des, &c. amis éclairés des Lettres. L'acquiſition d'une Charge de Conſeiller au Parlement fut offerte à *Voltaire*. » Non ! répondit-il, je veux être Homme-de-Lettres; » la gloire ne s'achete pas «.

Il n'avoit donné encore que de grandes eſpérances; le moment de les réaliſer arriva bien-tôt. *Corneille* n'étoit plus. *Racine* n'étoit plus. *Crébillon* étoit ſeul pour les remplacer. *Œdipe* parut; & l'Auteur de cette Tragédie, auſtère comme l'Antique, n'avoit que dix-ſept ans. Il eſt vrai qu'il ne connut l'Amour qu'après avoir achevé ce chef-d'œuvre, qui n'eut pas tout de ſuite les honneurs de la repréſentation ; mais qui, déſormais, ſera l'un des principaux ornemens de la Scène Françoiſe.

De nouvelles tracaſſeries de la part de ſon père, dont il ne parloit pas la langue, l'obligea à de nouveaux ſacrifices. Pour rentrer en grace, il fallut conſentir à prendre quelques leçons de chicane. Les momens que Voltaire donna, malgré lui, à cette étude mauſſade, ne furent pas tout-à-fait perdus pour lui ; il y apprit au moins ce qu'on appelle le train des affaires, & le jargon de ceux qui vivent aux dépens des malheureux qui en ont. Connoiſſance utile, ſur-tout aux Gens-de-Lettres.

Un ſéjour, plus triſte & plus redoutable encore que le Cabinet poudreux d'un ſuppôt des Loix, attendoit le jeune Poëte, jouet d'une mépriſe. En pareille ſituation, un Poëte trouve peut-être en lui autant de reſſources que le Sage ; l'un a ſa conſcience; l'autre a ſon imagination. Voltaire, détenu à la Baſtille, par l'ordre de Louis XV, conſacra le temps de ſa captivité à la gloire de Henri IV. La Nation lui ſçut gré d'un procédé auſſi généreux.

Un ſuccès éclatant lui fit bientôt oublier les

horreurs d'une ſolitude forcée. En montant ſur le Théâtre, *Œdipe* annonçoit à la France un digne ſucceſſeur des premiers Tragiques anciens & modernes. Le Régent ſe déclara le Mécène du nouvel Auteur, qu'adoptoit la Nation enivrée ; & fit taire le bourdonnement des inſectes mal faiſans qui vouloient mordre au talon l'Achille Littéraire.

De nos jours, la production la plus mince excite la curioſité des ſpectateurs ennuyés ; on veut jouir de l'embarras de l'Ecrivain Dramatique, qui n'a pas craint de produire ſon eſprit au grand jour ; on aime à chercher, à trouver quelques rapports entre le perſonnel de l'Auteur & ſa Piéce : la docilité qu'on rencontre à cet égard, ne tourne pas ſans doute à l'avantage des Lettres, & compromet leur dignité. Voltaire, jeune encore, ſçut mieux la ſoutenir. Il offroit au Public une nouvelle Tragédie, & une Actrice inſtruite à ſon école. L'une & l'autre furent impitoyablement ſifflées dès les premières ſcènes. Animé par cette double injuſtice, il ſe préſente ſur le bord du Théâtre, brave les nouveaux murmures qui s'élévent à ſon apparition ſubite, met en jeu l'éloquence de ſon âge & du moment, & raméne le Parterre, injuſtement prévenu, à ce calme néceſfaire pour l'examen & le jugement d'une production Dramatique. *Artemire* fut continuée au bruit des acclamations. Il est vrai que l'Auteur, qui en imposoit déjà, avoit été reconnu, & faisoit taire l'Envie déconcertée par cette démarche hardie.

Cet événement dégoûta, pour l'instant, Voltaire du séjour de la Capitale. Et, en effet, les Gens-de-Lettres ne devroient peut-être pas s'obstiner à en faire leur demeure habituelle. Le séjour de la Capitale polit les Mœurs & le goût ; mais il en coûte cher au Génie ; il y perd cette verve, cette chaleur qu'on ne peut alimenter qu'au souffle vivifiant de la Nature. Il faut être en sa présence ; il faut avoir sous les yeux ses sublimes tableaux, pour se livrer à de fortes conceptions. La Ville n'offre que des miniatures & de la marqueterie.

Que ne pouvons-nous taire la rupture éclatante qui eut lieu, à cette époque, entre J.-B. Rousseau, réfugié à Bruxelles, & Voltaire le visitant, le consolant, l'appellant son Maître, mais se livrant trop à la candeur de son âge avec un grand Poëte, que le malheur avoit aigri & rendoit susceptible ! De quelque côté que soit le grief, Hommes du monde, ne vous croyez pas autorisés à médire des Gens de-

Lettres : le génie a ſes écarts, & l'eſprit n'éclaire pas toujours ſur les foibleſſes du cœur. Le plus ſage doit payer ſon tribut aux paſſions ; ce ſont les maladies de l'ame contre leſquelles on ne peut pas plus ſe mettre en garde que contre les accidens de la ſanté.

Voltaire, attaqué de la petite vérole, à ſon retour en France, éprouva combien il étoit chéri. L'Amitié & l'Amour s'empreſſèrent à ſes côtés, & la ſenſible *Le Couvreur* ne le quitta pas.

Le ſuccès de la Tragédie de *Mariamne* hâta ſa convaleſcence. Mais une affaire d'honneur, dans laquelle on fit intervenir le Gouvernement, l'exila de ſa Patrie. Il tourna ſes pas vers cette Iſle fameuſe, le chef-lieu de la Liberté. L'air qu'il reſpira en Angleterre, ſembla le régénérer : il y converſa avec *Newton* & *Pope.* Penſer tout haut étoit pour lui un beſoin qu'il n'avoit pas encore pu ſatisfaire pleinement. Il eſt ſi doux, pour une tête fortement organiſée, de ſe livrer ſans contrainte à la ſucceſſion rapide de ſes idées, & de les produire au dehors en toute ſécurité!

Il crut auſſi que c'étoit le temps & le lieu de publier enfin la *Henriade*, dont l'impreſſion lui avoit été interdite dans ſon pays natal. Ce beau Poëme National, (Epique ou non) fut adopté dans toutes les langues

langues de l'Europe. Les Anglois ſur-tout accueillirent un Ouvrage où l'imagination docile ſe laiſſe guider par la Philoſophie ; où le fanatiſme & la ſuperſtition ſont peints avec une vérité propre à révolter ceux même qui ſe ſurprendroient coupables de ces excès.

Voltaire ne reſta que trois années en Angleterre. On doit regretter qu'il n'y ait pas fait un ſéjour plus long : à la hardieſſe, à l'élévation naturelle de ſon génie, il eût joint la profondeur & le nerf qui doivent caractériſer les Ecrits du vrai Philoſophe : ſon *Brutus* auroit eu ſans doute plus de ſuccès à Londres qu'à Paris.

L'amour de la Patrie le ramena dans cette dernière Capitale : il voulut s'y dérober pendant quelque temps à ſa propre gloire ; mais il publia l'Hiſtoire de Charles XII. & cette production nouvelle étoit peu propre à le laiſſer oublier, puiſqu'elle le plaça au premier rang des Hiſtoriens François. C'eſt là qu'il apprécie le véritable Héroïſme, & met à leur place ces Perſonnages trop fameux qui occupent, on ne ſçait pourquoi, les cent bouches de la Renommée infatigable.

Il n'eſt pas bon que l'Homme-de-Lettres ſoit dans

un dénuement total des biens de ce monde ; l'urgente néceſſité eſt une entrave au génie, pire peut être que les chaînes du Deſpotiſme. L'Ecrivain indigent ne tient pas toujours ſa plume ferme entre ſes doigts. D'ailleurs, il eſt bon auſſi qu'il en impoſe à ſes compatriotes par un extérieur décent, & puiſſe ſe paſſer d'eux quant aux détails domeſtiques & aux beſoins journaliers. Le Philoſophe aiſé a du moins ce précieux avantage de pouvoir peindre les charmes de la bienfaiſance & de la généroſité, d'après ſa propre expérience.

Voltaire ſe mit dans cette heureuſe poſition, & trouva des ingrats dans preſque toutes les claſſes de la Société. Il ſçut réconcilier la Fortune & les Muſes, à la grande ſatisfaction des deux Partis ; &, juſqu'à ſon dernier ſouffle, il put d'une main faire le bien, & de l'autre exhorter à le faire. Il ſe piqua, toute ſa vie, de fortifier le précepte par l'exemple, & de diriger la pratique par la théorie. Pourquoi n'a-t-il pas laiſſé plus d'imitateurs ? Pourquoi ceux qui courent la même carrière, ne ſe montrent-ils pas plus empreſſés à gagner cette double conſidération dont il jouiſſoit à de ſi bons titres ? Voltaire n'eût point eu une influence auſſi marquée ſur ſon ſiécle, ſans cet heureux alliage des dons de la fortune & du génie.

Voltaire ne se bornoit pas à rendre des services pécuniaires ; il brava le préjugé & ne suivit que les mouvemens de son cœur généreux, dans les derniers devoirs qu'il consacra à la sensible *Le Couvreur.* Il lui ferma les yeux, & défendit sa mémoire outragée, contre ceux dont elle avoit arraché des larmes pendant sa vie, & qui n'en trouvoient plus pour honorer sa sépulture. Que n'a-t-elle vécu assez, pour s'identifier le Rôle de *Zaïre* qui fut jouée quelque temps après sa mort. Toutes les femmes se trouvèrent un cœur à la Représentation de cette Tragédie : mais les critiques, ennemis de leurs plaisirs, n'y virent qu'un roman dialogué. Les malheureux ! ils n'avoient apparemment jamais aimé.

Voltaire répondit à tous ses envieux, par *Adélaïde du Guesclin*, & la *Mort de César.* Que ne leur a-t-il répondu toujours ainsi ! Ces deux dernières Pièces n'obtinrent pas tout de suite le rang qu'elles ont, & qu'elles garderont, tant qu'il y aura du Patriotisme & de la Liberté.

Une persécution plus grave, motivée par un Poëme plus lû encore que la *Henriade*, s'éleva contre lui,

& lui procura, contre l'attente de ſes ennemis, les plus douces années de ſa vie ; celles qu'il paſſa à Cirey, au ſein de la plus tendre amitié : exemple que devroient ſuivre tous ceux qui s'adonnent aux Lettres. Les Sciences & les Muſes ſont ennemies des diſſipations & du bruit. Un bon Livre ne ſçauroit être trop connu ; ſon Auteur, au contraire, ne ſçauroit vivre trop ignoré.

C'eſt à Cirey que Voltaire compoſa la plupart de ſes Chefs-d'œuvre. C'eſt de cette retraite que ſortit *Alzire*, Pièce bien ſupérieure à *Zaïre*, pour la moralité du ſujet ; & *Mérope*, & l'*Enfant prodigue*, & *Mahomet*, la première, peut-être, des Tragédies de ce grand Poëte. C'eſt là auſſi qu'il crayonna ces belles *Epîtres ſur l'Homme*, bien plus Philoſophiques que l'*Eſſai ſur l'Homme*, de *Pope*. C'eſt à Cirey que ce Génie univerſel, aidé de la ſçavante Du Châtelet, franciſa Newton. C'eſt là qu'il auroit dû peut-être ſéjourner tout le reſte de ſa vie, & d'où il n'auroit dû jamais ſortir, pas même pour ſe tranſporter à la Cour de Berlin.

La place du Sage n'eſt pas dans le Palais d'un Roi. Un Souverain Philoſophe, n'eſt jamais aſſez Philoſophe pour oublier tout-à-fait qu'il eſt Souverain. Un homme de génie peut aller ſans doute de pair avec un Grand de la Terre, mais de loin. Trop près l'un de l'autre, ces deux rivaux ſe heurtent tôt ou tard; & la chute n'eſt pas égale. L'amour-propre refroidit l'amour de la Philoſophie; & le Sage humilié rentre chez lui, regrettant des jours qu'il eſpéroit employer mieux.

Toutes ces conſidérations ne vinrent pas à l'eſprit de Voltaire, appellé & accueilli par le Grand Frédéric, le ſeul Roi digne alors d'être ſon Mécène.

L'admiſſion dans un corps littéraire, peut être plutôt recherchée par un homme de génie, que ſes entrées à la Cour : le Fauteuil convient mieux au Génie qui médite, qu'au Courtiſan qui rarement ſçait penſer & ſe fixer. Une place académique ne peut convenir à ces beaux-eſprits qui ne ſont que cela. Voltaire n'eut point l'orgueil de ſe mettre audeſſus du titre d'*Académicien*, & fit des démarches pour l'obtenir. L'Auteur d'*Œdipe* & de *Brutus*, de la *Henriade* & de *Charles XII*. fut aſſez modeſte pour demander la faveur de ſuccéder à La Fage. L'Auteur de *Zaïre* & de *Mérope*, d'*Alzire* & de *Mahomet* réitérera ſes inſtances pour s'aſſeoir dans le fauteuil où s'étoit aſſis La Mothe-Houdart; &,

chose plus étrange encore ! il en fut exclus deux fois. Mais, s'il murmura de ces refus, ce ne fut pas quand il se vit préférer l'Abbé de B**. Voltaire prit enfin son parti, & se consola en passant en Prusse, (1743) revêtu secrétement d'un caractère honorable & important.

Quelques frondeurs trouvèrent fort mauvais que Voltaire ait été si long-temps privé de marques de distinction. Ce ne fut qu'à cinquante ans qu'il s'en vit décoré, après avoir fait *Œdipe* à dix-sept. Mais il est évident que ces frondeurs avoient tort. Une Place de Gentilhomme de la Chambre du Roi, étoit la digne récompense de la *Princesse de Navarre* & du *Temple de la Gloire* ; productions éphémères, fruits de la complaisance. Un Brevet d'Historiographe de France, & un fauteuil à l'Académie Françoise, payoient dignement quelques Notes sur les événemens Politiques du temps, & le Poëme de la *Bataille de Fontenoy*. Mais quelle décoration eût pu être digne de l'Auteur de plusieurs Chefs-d'œuvre, tels que *Mahomet* & *Mérope ?* L'opinion publique en étoit le seul salaire. Voltaire ne se vit pas obligé à briguer sa Place dans le Temple de l'Immortalité, & n'en fut pas redevable à la recommandation d'une Favorite. Tout eſt à ſa place plus qu'on ne penſe ; & de quel droit un Grand-Homme, qui n'eſt que cela, prétendroit-il aux honneurs ? Il ne lui faut que de la gloire. N'eſt-il pas juſte qu'il devienne Poëte de Cour, pour avoir part aux petites diſtinctions, & aux bienfaits de la Cour.

Voltaire ſe vit enfin aggrégé aux Quarante de l'Académie Françoiſe. Notre ſiécle n'aura pas du moins à ſe juſtifier des mêmes torts que ſous le grand ſiécle de Louis XIV, à l'égard de Molière. Il eſt vrai que J. J. Rouſſeau ne fut pas non plus Académicien.

Voltaire étoit un peu moins déplacé au Louvre qu'au Château de Verſailles, où il eut le déplaiſir d'entendre applaudir *Catilina*, & ſiffler *Sémiramis* ; de voir les honneurs de l'Imprimerie Royale refuſés à ſon Poëme National, & accordés au Théâtre de l'Auteur de *Catilina*. La Ville, les Provinces, & toute l'Europe prirent ſoin de ſa vengeance, en prodiguant l'admiration à tout ce qui ſortoit de ſa plume brillante & féconde. Il alla ſe conſoler auſſi à la petite Cour de Sceaux, où le goût, ſans prétention, & les grâces, ſans étiquette, le prirent pour leur arbitre.

Après avoir paru à la Cour de deux Rois, un troisiéme l'appella à la sienne, & sçut l'y retenir quelque temps sans dégoût. Stanislas méritoit peut-être la préférence. Un Grand-Homme étoit à son aise dans son Palais. Un Roi sans Diadême est bien plus aimable qu'un Souverain victorieux ou puissant. L'ambition ayant peu à espérer, ne se donne pas la peine de tendre des piéges autour de lui ; les roses n'y ont point d'épines.

Partout où Vénus passoit, (disent les Poëtes) elle laissoit sur ses traces des nuages d'essences parfumées. L'imagination riante de Voltaire, marquoit aussi tous ses pas par des productions aimables & légères. Lunéville vit éclore *Nanine*, *Babouc* & *Zadig*.

Si *Nanine* rappelloit le Roman de *Paméla*, ce Drame prouvoit en même-temps que tout ce qui tomboit sous les mains du grand Poëte, se convertissoit en or.

Sous son pinceau agréable & badin, Paris se reconnut dans *Babouc*, & sourit à son image.

L'original de *Zadig* eut un peu plus de peine à retrouver ses traits, dans cette plaisanterie innocente & fine ; son Auteur n'auroit dû s'en permettre que de cette trempe. Avouons-le ; il confondit trop sou-

vent

vent le ſarcaſme amer avec l'ironie ſans fiel ; & il honora trop ſouvent ſes ennemis, en leur donnant de l'importance.

Les Dieux de la terre ne peuvent réparer la perte d'une amie, & leurs faveurs ne ſauroient remplir le vuide du cœur. Voltaire ne put reſter dans le lieu même de la mort de la Marquiſe du Châtelet ; il ſe hâta de revoir ſa Patrie, pour y trouver des conſolations au milieu de ſes amis, & des palliatifs dans le ſein de la Renommée ; car les hommes à grands talens, doués néceſſairement d'une ſenſibilité plus exquiſe que celle du vulgaire, ſeroient trop malheureux, & ſuccomberoient bien vîte ſous le poids de leurs peines, ſi la main officieuſe de la Gloire ne venoit fermer les plaies de l'Amour. Elle n'avoit preſque plus rien de nouveau pour Voltaire ; ſon oreille devoit être familiariſée avec les concerts d'éloges qui accompagnoient chacune de ſes productions. Mais la louange eſt peut-être la ſeule des jouiſſances qui ne blâſe point. Les plaiſirs ne ſont pas à l'abri de la ſatiété ; la louange la plus prodiguée paroît toujours nouvelle.

Oreſte lutta aſſez heureuſement contre l'*Electre* de Crébillon ; mais *Rome ſauvée* procura à ſon Auteur un triomphe plus complet fur fon Rival. Heureux les fpectateurs qui ont vu le rôle de Cicéron rempli par Voltaire lui-même, fur le Théâtre de Sceaux. L'illufion y fut portée à fon comble. L'ame du Conful Romain étoit toute entière dans le gefte du Dramatique François, de même que l'éloquence du premier dans les vers du fecond.

La fcène change. Berlin poffède enfin Voltaire, qu'on défiroit depuis long-temps y fixer. Le premier des Rois de fon fiécle, follicita l'amitié du premier des Poëtes. Ces deux Grandes-Têtes, toutes deux chargées de lauriers, étoient faites pour fe rapprocher, & communiquer de bouche. L'Europe éclairée, attentive à ce Phénomène, crut voir revivre les beaux jours de la Grèce & de Rome. Que ne dût-on pas, en effet, attendre de l'affociation de l'Héroïfme & de la Philofophie. Malheureufement elle ne fut qu'une liaifon de plaifir. Le Prince étoit trop abfolu pour partager fon adminiftration avec le Philofophe ; & le Philofophe n'étoit peut-être pas affez profond pour profiter de la circonftance, & réalifer les beaux rêves de Platon. Ces deux Perfonnages ne firent que fe donner en fpectacle, & le Genre-Humain ne tira aucun fruit de leur réunion. Mais du moins ce fut déjà un grand pas de fait. La diſtance qui ſépare le Pouvoir de la Science, étoit franchie ; & la Poſtérité pourra peut-être un jour profiter de ce grand exemple.

Frédéric reçut Voltaire à Poſtdam, comme ſon meilleur ami, & ſur le pied de la plus parfaite égalité ; même Palais, même table, mêmes équipages : le Prince détacha de ſon côté la Croix de mérite, pour en décorer le Sage.

La préſence de Voltaire apporta d'abord les plus heureux changemens à la Cour de Pruſſe. Les principaux Perſonnages de ſes Drames ſublimes furent repréſentés par des Princes & des Princeſſes : ces plaiſirs étoient entremêlés d'entretiens graves. Le Roi, qui n'aimoit point à prendre conſeil, ſaiſiſoit adroitement les idées lumineuſes qui jailliſſoient du cerveau du Philoſophe provoqué à deſſein ; enſorte que les leçons de Poéſie que le premier ne rougiſſoit pas de prendre du ſecond, ne furent pas les ſeules qu'il en reçut.

Voltaire, en Pruſſe, eut des honneurs & de la conſidération ; mais n'y fut pas plus tranquille qu'ailleurs. Il ſemble que le Deſtin lui avoit dit : Tu auras du génie & de la gloire, ſous peine de ne goûter jamais le repos ; & cela ne pouvoit guères être autrement. Le Grand-Homme eſt une eſpéce d'homme public, qui ne peut reſter neutre dans ce qui ſe paſſe autour de lui ; il faut qu'il y joue un rôle, qu'il le veuille ou non. Voltaire eſſuya à Berlin & à Poſtdam, à peu près les mêmes tracaſſeries qu'à Paris & à Verſailles. Quelques mots imprudens lui enlevoient la faveur de ſon Mécène, ou lui valoient l'animoſité des Courtiſans ſubalternes du Prince. Voltaire étoit toujours l'aſtre rayonnant ; mais on lui avoit donné des ſatellites envieux qui cherchoient à l'obſcurcir, & qui parvinrent plus d'une fois à l'éclipſer un moment ; ce qui n'étoit pas difficile entre deux hommes tels que le Poëte François & le Héros Pruſſien.

Frédéric II. n'avoit point de rivaux dans l'art de régner ; mais il avoit un maître dans ſes prétentions au bel-eſprit : ce Grand-Homme eut la foibleſſe de ſe repentir par-fois d'avoir appellé ſi près de lui un autre Grand-Homme, quoique dans une toute autre carrière. Celui-ci, pour avoir la paix, faiſoit autant qu'il le pouvoit des ſacrifices de ſon amour-propre ; mais, comme on ne lui en ſavoit pas toujours gré, l'impatience menoit aux indiſcrétions, & tout alloit mal. D'ailleurs les Pigmées qui s'agitoient autour de ces deux Coloſſes, les importunoient par leurs bourdonnemens incommodes, & rompoient l'uniſſon.

Cependant, il faut le dire, les plus grands torts étoient peut-être du côté du Monarque. Frédéric eut été grand en tout, ſi, du moment de l'arrivée de Voltaire en Pruſſe, s'en tenant à lui ſeul, il eut fait main-baſſe ſur tout le reſte, & purgé ſon Palais de tous ces demi-talens, qui n'ajoutoient rien à ſa gloire. Que ne reléguoit-il dans ſon Académie, *Algarotti* & *d'Argens*, *La Beaumelle* & *Chazot*, *Kœnig* & *l'Abbé de Prades*, & d'autres encore, & *Maupertuis* à leur tête! Qu'avoit-on beſoin d'eux à Poſtdam? l'honnête d'*Arget* eût ſuffi pour entretenir la concorde entre les deux Illuſtres Amis, & pour leur ſervir de truchement dans leurs mal-entendus. L'affaire du Juif *Hercheld* eût été bien vîte terminée, ſans compromettre l'honneur & le repos de perſonne. C'eût été un beau ſpectacle que celui de Frédéric & de Voltaire, liés d'une amitié étroite, ſe conſultant pour faire de bonnes Loix & de beaux vers, & veilliſſant enſemble ſous la même Auréole; abandonnés à eux-mêmes, ils euſſent été capables de cette confraternité ſublime. On les eût vu marcher de front à l'Immortalité, & prendre leur place au Temple de la Gloire, à côté l'un de l'autre, & en se donnant la main. Eux-mêmes se seroient chargés d'être l'Historien l'un de l'autre : Frédéric eut fait de Voltaire un *Eloge* moins sec ; & Voltaire, pour écrire les *Mémoires* de Frédéric, auroit eu recours à la même plume à qui nous sommes redevables du *Siècle de Louis XIV*, composé au milieu des orages de la Cour de Berlin. Loin de l'éconduire, dépouillé de ses marques distinctives, le Roi eût, au contraire, couvert de son manteau le Philosophe en butte aux traits de la jalousie & du fanatisme.

Sans doute alors celui ci auroit embrassé le parti de l'*Optimisme* ; mais il n'eut que trop de motifs de croire au système opposé, jusqu'à l'époque où renonçant à l'amitié des Rois, il se borna à l'estime de ses égaux, & à l'admiration de ses contemporains.

Un nouvel ordre de choses va succéder à l'existence agitée que Voltaire a menée jusqu'à présent. Il va se montrer tout entier, du moment que, fixé dans son Habitation des *Délices*, il pourra goûter les douceurs de la paix & de l'indépendance, sans lesquelles il n'y a pas de bonheur véritable.

Les plaisirs délicats qu'il rassembla dans son agréable Retraite, ne lui firent rien perdre de son énergie. Il y composa *Gengis-Kan*, l'un de ses plus beaux Drames Tragiques, & une *Histoire Générale* : cette dernière production lui valut les honneurs de la Médaille, avec cette Légende :

IL ARRACHA

AUX NATIONS

LE BANDEAU DE L'ERREUR.

Dans cet Ouvrage, espéce de supplément à l'*Histoire Universelle* de Bossuet, tout n'est pas exact, sans doute : dans ce large Tableau des Nations, Voltaire ne se piquoit pas d'être le plus habile des Chronologistes ; mais il auroit pu prétendre à la première Place parmi les Historiens Moraux.

Mais, dira-t-on, il n'a pas toujours gardé la dignité de l'Histoire ; il lui échappe des sarcasmes dans le récit des événemens les plus imposans. C'est que cet Ecrivain adroit connoissoit la trempe de l'esprit humain. Il sçavoit qu'on instruisoit mieux, & plus vîte, en cherchant à plaire, qu'en courrant les risques d'ennuyer; & le succès a justifié sa méthode. Qu'importe alors que l'Histoire se rapproche un peu du Roman.

Candide, qui parut presqu'en même-temps, prouva que ce genre frivole est susceptible de servir de cadre aux vérités les plus fortes, aux leçons les plus utiles; & que la Sagesse, loin de se compromettre sous les livrées du Plaisir, se fait des partisans de ceux qu'elle eût dégoûtés d'elle infailliblement, sous le manteau de la gravité.

Le séjour de Voltaire aux *Délices*, étoit sur le territoire, & voisin de Genève; & cette Ville Républicaine se trouvoit la Patrie d'un Homme, à l'aspect duquel Diogène eût éteint sa lanterne. . . .

. . . .

. . . .

. . . .

. . . . A l'âge où Voltaire touchoit déjà au point le plus élevé de sa réputation, J.-J. Rousseau n'étoit encore connu que de lui-même : mais ce génie ardent n'eut point d'aurore; &, du premier bond, atteignit le milieu de sa carrière.

Rivaux

Rivaux de gloire, on voulut leur persuader qu'ils étoient ennemis ; mais ils s'estimoient mutuellement dans le *forum* de leur conscience ; &, s'ils ne se rapprochèrent pas plus près l'un de l'autre, sans doute c'est que chacun d'eux avoit sa contenance personnelle à garder. J.-J. Rousseau, qui avoit frondé le Luxe & les Arts, qui font le charme & sont le poison de la Société, ne pouvoit pas décemment habiter aux Délices. Voltaire, Missionnaire de la Raison auprès des Gens du monde, avoit cru devoir adopter leurs douces habitudes pour gagner leur confiance, & finir par leur faire prendre le change à leur insçu.

Ainsi donc ! vous qui cherchez à vous soulager du poids de votre nullité ; vous que la supériorité de quelques-uns de vos semblables afflige & rend malades ! ne citez pas ces beaux Génies à votre Tribunal incompétent, & ne les accusez pas sur-tout d'avoir compromis, par leur conduite respective, les belles maximes qu'ils professaient dans leurs Ecrits immortels. Ils furent quelquefois hommes comme vous ; mais vous ne serez jamais de Grands-Hommes comme eux ; admirez-les de loin ; baisez leurs livres avec respect ; éclairez-vous de leurs lumières ; mais ne médisez pas des Aſtres, parce qu'ils ſouffrent des éclipſes.

Le Soleil, au moment où il lance ſes rayons les plus ardens, fait éclore du milieu de la fange des nuées d'inſectes impurs qui ne ſçauroient le ſouiller, mais dont le grand nombre intercepte un moment ſa clarté.

Le Philoſophe des Délices, & le Sage de Genève ſe virent de même harcelés par quantité de petits ennemis, dont la plupart vivoient des injures qu'ils débitoient au plus offrant. J.-J. Rouſſeau daigna à peine s'appercevoir de leur exiſtence. Il mit ſur ſa bouche le doigt du ſilence, & continua ſon chemin dans la lice honorable qu'il s'étoit frayée, & qu'il parcourut en vigoureux Athléte.

Voltaire, en cela du moins, auroit pu l'imiter. On dit qu'il ſe délaſſa de ſes grands travaux, en faiſant juſtice lui-même de ſes envieux. Mais Hercule ne conſacra jamais ſon repos à combattre les Harpies.

Le lion, dans l'Arêne, ſecoue de temps en temps ſa crinière, pour ſe débaraſſer des limiers qu'on a lâchés ſur lui de toutes parts ; mais il ne s'abaiſſe pas juſqu'à les honorer d'un coup de ſa dent, & ne s'acharne jamais ſur des êtres méchants mais foibles. Du fond de ſa tannière, il les regarde avec dédain, & fourit de pitié à leurs attaques lâches & impuiſſantes. *Desfontaines*, *Fréron* & leurs pareils ne pouvoient, tout au plus, que ſalir la baſe du monument de gloire que toute l'Europe élevoit à Voltaire. Plaignons ce Grand-Homme d'avoir quelques fois renvoyé le traît décoché ſur lui par des mains viles & regrettons le temps qu'il a perdu à répondre aux ſatyres périodiques dont il étoit le principal but. C'étoit là le défaut de ſa cuiraſſe.

Et vous, nés aſſez malheureuſement pour être bleſſés de la Lumière, rentrez, pour toujours, dans les ténébres d'où vous n'auriez jamais du ſortir. Que votre exemple du moins ſerve pour l'avenir ; vos petits libelles ſont oubliés ; il en reſte à peine les titres pour atteſter à la Race future qu'il fut un temps où l'on ne pouvoit avoir du génie impunément. Vous-vous êtes applaudi d'avoir un moment troublé le repos du Sage ; mais ceux d'entre vous qui ont ſurvécu au Grand-Homme recueillent aujourd'hui leur juſte ſalaire. Sur la tombe du Grand-Homme qui n'eſt plus, voyez déjà la Poſtérité expier le crime de ſes Contemporains, en flétriſſant à jamais le nom de ſes calomniateurs. Ainſi l'Aréopage, après la mort de Socrate, pourſuivit ſes délateurs ; juſtice tardive, mais qui du moins dut rendre plus circonſpects les Anitus, les Lycons & leur honteuſe cohorte.

Cependant les amateurs de la Poëſie légère ont quelques obligations aux perſonnages ridicules qui excitèrent la verve de Voltaire, & firent éclore de ſon cerveau malin quantité de petits Poëmes, tels que *le Pauvre-Diable*, *le Ruſſe à Paris*, *la Vanité*, Chefs-d'œuvre de plaiſanterie, productions piquantes, pleines d'originalité & de ſel attique.

C'eſt au ſujet de tous ces petits démêlés littéraires que Voltaire écrivoit ces lignes au Roi de Pruſſe, pour motiver ſes ſarcaſmes & ſon indignation poëtique.

» . . . . . aux yeux du Sage, rien n'eſt odieux que
» l'eſprit d'ignorance & d'orgueil, qui juge de tout
» ſuivant ſes petits uſages & ſes petites idées, &c.

Alors parut l'*Ecoſſaiſe*. Quelques ſpectateurs modérés, tout en applaudiſſant au *vis comica* de cette Piéce, trouvèrent la correction un peu forte ; mais l'Ordre public qui ne s'oppoſa point à la repréſentation, crut apparemment qu'il étoit convenable d'effrayer, par un exemple frappant, ceux qui ſeroient tentés déſormais de ſe livrer au vil métier du personnage désigné dans la Comédie du *Caffé*, sous le nom de *Frélon*.

On venoit de se permettre, au même Théâtre, des personnalités bien plus révoltantes ; peindre le Vice & la Bassesse sous leur masque hideux, c'est rendre service aux Honnêtes Gens, mais faire rire aux dépens de la Vertu, indignement ridiculisée, est le comble de la dépravation & de la licence. Ces deux événemens contradictoires eurent pourtant lieu sur la Scène Françoise, à deux mois de distance, en Mai & en Juillet de la même année 1760.

Nous laissons à nos Lecteurs pénétrans le soin de réfléchir sur cette double anecdote, & sur les circonstances qui y ont concourru.

Voltaire, dans le même temps, fit jouer *Tancréde*, comme pour montrer que les petits combats singuliers ne l'avoient point épuisé ; & nous conviendrons sans peine que cette Tragédie étoit la meilleure réponse qu'il put faire aux Aristarques hebdomadaires qui s'en alloient écrivant que l'Auteur de la *Henriade* & de *Mérope*, de *Nanine* & de l'*Enfant Prodigue*, corrompoit le Goût & les Mœurs de son Siécle & de sa Nation.

Mais une réplique, plus décisive encore, aux imputations odieuses qu'on ne craignit pas de hazarder contre la bonté de son cœur, fut l'adoption de la petite fille de Corneille : le produit d'un Commentaire sur les Œuvres de son grand-père lui servit de dot. Jamais plus de délicatesse n'accompagna un bienfait. On reprocha au Commentateur généreux de n'avoir pas tout admiré dans l'Auteur commenté par lui; une secrette jalousie, dit-on, présida à la rédaction de la plupart des remarques; le progrès de la Langue & de l'Art Dramatique ne dirigea pas toujours le Scalpel du Disséquateur; sous la plume de Voltaire, devenu Scholiaste, Corneille perd son embonpoint & n'est qu'un squellette.

Ces reproches graves étoient bien éloignés sans doute de l'intention de celui à qui l'on ne craignit pas de les adresser, & bien peu conformes à l'événement. Depuis leur publicité, l'Europe éclairée a-t-elle été moins constante qu'auparavant dans ses hommages rendus au génie du grand Corneille; seulement elle a senti davantage les défauts que le père du Théâtre, chez les Modernes, devoit à son Siécle qui n'étoit pas celui du goût.

Quand le Sage en a le choix, il séjourne plus volontiers sur le territoire d'une paisible Monarchie que sur celui d'une République turbulente & à moitié vendue à ceux de ses Voisins en état de l'acheter. Des *Délices* Voltaire passe à *Ferney*; Ferney est à sa Patrie, & rien ne peut l'en détacher.

L'Eglise du lieu compromettoit le Culte: les accessoires influent plus qu'on ne pense sur l'objet principal : le Peuple se pénétre davantage de la majesté de son Dieu dans un édifice régulier & propre que dans une grange. Voltaire, qui à travers ses écarts a toujours respecté l'Unité Divine, saisit cette occasion pour lui bâtir un Temple, avec cette Inscription d'un laconisme sublime :

DEO
EREXIT
VOLTAIRE.

Il voulut aussi avoir journellement sous les yeux, l'asyle dans lequel, endormi d'un sommeil profond, il devoit un jour échaper enfin aux haines & aux persécutions de ses Contemporains. Ce monument reposoit doucement sa vue, & le faisoit quelquefois ſourire; il ſembloit dire : » En ce temps-là, je n'en-» tendrai plus les injures qu'on me prodigue ».

Voltaire fixé à Ferney, ce lieu, de ce moment à jamais célébre, ne devint pas ſeulement le ſanctuaire du Goût & le foyer des Lumières; l'innocence de Calas, défendue par Voltaire avec tant de philoſophie & de chaleur, fit regarder Ferney comme le Tribunal ſuprême de la Raiſon, auquel les victimes des préjugés en appelloient de leurs arrêts; ceux de la Barre, Sirven, Martin, Montbailly, &c. y furent reviſés, & les mépriſes de la Juſtice Criminelle dénoncées à l'indignation publique.

D'un autre côté, la vie privée de Voltaire à Ferney apprenoit à vivre aux Seigneurs de Paroiſſes; il faiſoit des exhortations paternelles à ſes Vaſſaux attendris, ſur le ſeuil du Temple qu'il venoit de bâtir pour leur uſage ; il fourniſſoit des inſtrumens aratoires aux Laboureurs oiſifs parce qu'ils étoient indigens, & indigens parce qu'ils étoient oiſifs ; il relevoit des chaumières & les meubloit ; il faiſoit défricher à ſes frais & au profit des familles expirant de beſoin ſur un ſol fertile mais inculte.

On lui eut pardonné ces occupations patriarchales; mais en même-temps il écrivoit toujours, & c'eſt ce que ſes Adverſaires craignoient le plus. Ses véritables amis euſſent déſiré peut-être auſſi qu'il laiſsât repoſer un peu ſon génie ; mais on n'avoit pas le courage de conſeiller l'inaction à cet Ecrivain, original juſque dans ſes délires. Du moins auroit-on pu lui peindre tous les inconvéniens attachés à la publicité de certains ouvrages qui n'auroient du jamais franchir le *forum* de la plus étroite intimité. En effet, pour citer un exemple, qu'auroit-il enlevé à ſa gloire en faiſant à Vulcain un ſacrifice de la *Guerre de Genève* & de pluſieurs autres Manuſcrits de ce genre ?

Voltaire avoit reçu ſans doute un hommage tacite de chacun de ſes Lecteurs ; pluſieurs médailles avoient été frappées en ſon honneur ; & le Burin multiplioit ſon image en tous lieux : mais on ne lui avoit pas encore décerné de Monument public. La partie la plus ſaine de la Nation ſe montra jalouſe de lui rendre ce devoir éclatant, & en confia l'exécution à Pigalle, l'Artiſte le plus ami de la Nature & de la Vérité. Sur le piédeſtal, on grava cette conſécration :

STATUE
A VOLTAIRE VIVANT,
PAR LES HOMMES DE LETTRES,
SES COMPATRIOTES.

Tandis qu'à Paris le marbre s'animoit pour reproduire les traits du plus beau génie de la France, le Vieillard de Ferney, dans sa retraite, se couvroit d'une autre sorte de gloire ; il plaidoit pour la liberté de quinze mille Serfs, fondoit une Colonie d'Artistes, & bâtissoit une Ville, dont voici l'inscription de l'entrée principale :

IN VOLTERIOPOLIM.

Sumptibus has propriis struxit Voltarius ædes.
Hic effudit opes, dùm scriptis edocet Orbem.
Mœnia si starent, vatis dum scripta manebunt,
Urbs æterna fores! æternum nomen haberes!

l'Abbé BELLONEY.

Traduction des Vers latins, précédens.

Voltaire, de ses propres deniers, éleva les Maisons de cette Ville, tandis qu'il remplissoit le monde de ses lumières. Si tes Murailles durent autant que ses Ecrits, ô *Ferney-Voltaire!* tu seras éternelle, comme le Nom de ton Fondateur.

Les travaux de l'esprit procurent des plaisirs vifs, sur-tout quand ils ont le suffrage des Honnêtes-Gens, & qu'ils sont couronnés des mains de la Gloire ; & Voltaire, à quatre-vingts ans, n'en étoit encore *nec laſſatus*, *nec ſatiatus*. Son cœur cependant lui préparoit, depuis pluſieurs années, d'autres jouiſſances encore plus épurées & plus complettes ; il goûta à Ferney, le plaiſir de faire des heureux, dans toute ſa plénitude. Le bien qu'il faiſoit, *en tout ſens*, (qu'on nous permette cette expreſſion) le rendoit précieux à toutes les claſſes de la Société ! Dans l'intérieur de ſon Château, tout ce qui le touchoit, (& ſur-tout ſa digne & reſpectable Niéce, Madame *Denis*) goûtoit une félicité inaltérable ; l'expreſſion muette du bonheur, peinte ſur tous les traits, étoit le ſeul langage qui put ne point affoiblir les ſentimens du cœur qu'on éprouvoit à l'approche du Sage Bienfaiſant. A cet hommage tacite & non ſuſpect, qu'on ajoute ceux des Perſonnages les plus Illuſtres de toute l'Europe, qui venoient compoſer la Cour du Vieillard de Ferney. Les dévots Muſulmans ne ſe montrent pas plus jaloux de leur Pélerinage de la Mecque, qu'on ne l'étoit de faire le voyage de Ferney. On accouroit pour voir un Grand-Homme : on ne venoit apporter que le tribut de l'admiration : mais le ſpectacle touchant de la vie privée de Voltaire ; le récit attendriſſant des bienfaits qu'il ſemoit journellement autour de lui, édifioient, pénétroient les illustres voyageurs, & des larmes se mêloient aux concerts de la louange. Qu'il étoit doux, qu'il étoit beau de trouver à la fois, dans le même Homme, l'Ecrivain sublime, le Philosophe aimable, l'Homme de bien, le Père de ses familiers, & le Dieu de ses Vassaux.

Quand il sortoit de son Château, de nouvelles jouissances, plus grandes peut-être encore, lui étoient réservées. Les bénédictions de la Reconnoissance naïve l'attendoient à sa porte. Une multitude de gens qui n'existoient que par lui, l'entouroit, le pressoit, l'*adoroit*. (Ce dernier mot n'est pas impropre.) Ceux qui n'avoient pu se rendre sur son passage, s'acheminoient au pied du Tombeau qu'il s'étoit préparé, le mouilloient d'avance de leurs pleurs, &, dans le délire de leur cœur sensible, substituoient, pendant leurs Prières, le Nom de leur Bienfaiteur, à celui du Patron de leur Hameau.

Quelle Couronne Académique, quelle Médaille, quelle Statue, quel Titre honorifique, valent ces honneurs simples d'une Peuplade ingénue. Celui qui en étoit l'objet ne méritoit-il pas bien qu'on lui pardonnât les saillies d'esprit échappées dans les pamphlets qu'on eut le courage de lui reprocher alors.

En même-temps qu'il recevoit l'encens grossier,

mais pur, des Villageois du Mont-Jura, une Impératrice, célébre par son amour pour les Lettres & les Arts, lui rendoit hommage avec toute la munificence de son rang. Une Lettre écrite de sa main, un Vase d'Ivoire, ouvrage de ses doigts industrieux, son Portrait, des Pierreries & des Fourrures sont offertes au Vieillard de Ferney; mais ce qui dut le flatter plus encore, la Législatrice de ses Peuples nombreux, soumettoit le Code nouveau qu'elle leur préparoit, à la Censure du Philosophe.

Frédéric II. se joignit à Catherine II. Il fit faire une petite Statue de Voltaire, en porcelaine, & la lui envoya avec ces deux mots écrits de sa main Royale, sur le piédestal:

VIRO IMMORTALI.

A L'HOMME IMMORTEL.

La Boîte d'yvoire, tournée par l'Impératrice de Russie elle-même, & qui se trouva parmi les magnifiques présens qu'elle fit passer à Ferney, donna à Voltaire l'idée d'une plaisanterie; nous ne pouvons nous refuser au plaisir de la raconter. Après avoir pris quelques leçons de sa Niéce, il envoya à Catherine II, en retour de son cadeau, le commencement d'une paire de bas de soie blancs, tricotés de sa main, & accompagnés d'une agréable Epître en Vers galans, dans laquelle le Poëte mandoit à l'Impératrice, qu'ayant reçu d'elle un Ouvrage d'Homme, travaillé par une Femme, il prioit Sa Majesté Impériale d'accepter un Ouvrage de Femme, sorti des mains d'un Homme.

Nous tenons cette petite Anecdote, très-peu connue, d'un Artiste qui, séjournant dans le Château de Ferney, à cette époque, eut le plaisir de contempler *Voltaire tricotant.*

Qu'on nous permette ces détails dans une Notice Biographique, dans laquelle on a tenté de se rapprocher le plus qu'on l'a pu du Biographe de Chéronée.

Ce concert d'éloges, d'hommages, de bénédictions n'étoit cependant pas tout-à-fait unanime. Nos neveux croiront-ils qu'au milieu des cris d'admiration & de reconnoissance élevés de toutes parts, & adressés au *bon Génie* de Ferney, les serpens de la jalousie ne craignoient pas de mêler leurs sifflemens discordans. Croira-t-on qu'on vouloit apprendre l'Art des Vers au Chantre harmonieux de *Henri*, au Père vigoureux de *Mahomet?* Les travaux Littéraires & sans nombre du Vieillard de Ferney, ses bonnes-œuvres multipliées, ses succès inouis,

& ses quatre-vingts ans ; toutes ces considérations ne refroidissoient pas le zèle plus qu'ardent de ses détracteurs inconsidérés, pour ne pas dire malévoles.

Le foyer étoit à Paris. Voltaire vint braver la cabale jusques dans cette Ville remplie de son nom ; ou plutôt il ne put se refuser à l'empressement de l'élite de ses Compatriotes, qui voulut jouir de ses derniers momens. Nous ne répéterons pas ici ce que la plupart de nos lecteurs, témoins oculaires, sçavent aussi bien que nous. Nous ne suivrons pas notre Héros à l'Académie, au Spectacle, chez les Grands. Nous nous arrêterons seulement à une circonstance qui, toute petite qu'elle paroîtra peut-être à de certains esprits, met cependant le sceau à la gloire de Voltaire. Le peuple connoît peu les Grands-Hommes. Il y a une trop grande distance entr'eux & lui. Il falloit être universel & avoir eu une influence bien marquée, pour parvenir à être également cher aux premières & aux dernières classes de la Société. Nous terminerons cet *Essai* par le récit d'une Anecdote qui prouvera du moins que Voltaire fut véritablement l'Homme de son Siécle & de son Pays.

L'Auteur de la *Henriade*, peu de temps avant le terme de sa longue carrière, traversoit le Pont-Neuf dans sa voiture : en mettant la tête à la portière pour jetter les yeux ſur le Héros dont il avoit été le Chantre, il fut reconnu des femmes qui font le commerce d'oranges devant la Statue de Henri IV. En ce moment, Voltaire reçut un hommage qui dut le flatter davantage encore que le laurier dont il fut couronné par la Nation ſur le Théâtre François. Ces femmes du peuple, au nom de celui qui avoit ſi bien parlé du bon Henri, ſe hâtent de compoſer une offrande de l'élite des plus beaux fruits qu'elles vendoient, & vont le porter au caroſſe du Poëte. L'étiquette & l'intérêt leur font un devoir de ce Cérémonial, lors du paſſage de quelques Princes ou Souverains : mais cette fois le Patriotiſme ſeul leur dicta cette démarche. Il falloit voir leur empreſſement, leurs geſtes expreſſifs & rapides ; il falloit les entendre. C'étoit une ivreſſe difficile à peindre, & que la foule, captivée par ce ſpectacle attendriſſant partagea & prolongea à l'envi les uns les autres. Une fois du moins le Génie reçut des honneurs dignes de lui, & d'autant plus précieux, qu'ils ſont rares & difficiles à obtenir dans nos froides contrées.

Voici deux autres Anecdotes très-peu connues.

Voltaire, paſſant ſur le Pont-Royal, mettoit ſa

main

main hors de la portière de ſon Caroſſe, pour la donner à un Grand Seigneur de ſa connoiſſance. Un homme du Peuple reconnoit Voltaire, ſaiſit ſon bras, & le ſecoue avec une tendreſſe énergique. Voltaire dit au grand Seigneur : » Pardonnez, mais laiſſez-moi » lui parler un moment ; c'eſt un Homme «.

Quelques mois après la mort de Voltaire, un jeune Artiſte, chargé du Buſte de ce Grand-Homme, par M. Houdon, traverſoit le Marché des Quinze-vingts, rue S.-Honoré, à Paris. La vue de ce Buſte frappe les femmes du Marché ; elles entourent celui qui le porte, le forcent à le poſer un inſtant ſur leur boutique, afin de le conſidérer à leur aiſe. Une Bouquetière du voiſinage accourt, les mains remplies de fleurs ; on en fait à la hâte une couronne ; on la poſe ſur la tête de Voltaire, & le jeune Artiſte reprend ſa route, aux acclamations & aux applaudiſſemens des ſpectateurs de tous les ordres.

FRANÇOIS-MARIE AROUET DE VOLTAIRE, Gentilhomme ordinaire de la Chambre du Roi, ancien Chambellan du Roi de Pruſſe ; des Académies de Paris, Londres, Berlin, Rome, Florence, Boulogne, &c., naquit à Paris le 20 Février 1694, & mourut dans cette Capitale, âgé de quatre-vingt-cinq ans & quelques mois, le 30 Mai 1778.

ADDITIONS*

A l'Eloge Historique de Voltaire.

LE caractère de Voltaire n'étoit point une énigme; il l'a développé d'une manière toujours ingénieuse & piquante dans une infinité de Bons Mots, enfans de l'occasion. Nous ne pouvons mieux terminer cette esquisse rapide, que par un choix de quelques-unes de ces Anecdotes qu'on aime tant à se rappeller & à citer. Notre *Galerie Universelle* étant destinée particulièrement aux Amis des *Hommes dignes de ce Nom*, qui, devenus un peu difficiles sur le choix des vivans qu'on peut hanter, s'en dédommagent en conversant avec les Morts illustres; on ne sera donc pas étonné qu'on leur ait consacré un petit Chapitre, où les demi-Dieux qui figurent dans ce Temple Littéraire, prennent eux-mêmes la parole & semblent s'adresser au Lecteur.

* *N. B.* Nous n'avons point indiqué par des chiffres la place de ces Notes, dans le Texte précédent; parce que nous comptons assez sur la sagacité de nos Lecteurs, pour leur laisser le soin de les placer eux-mêmes. Par exemple, on voit sans peine que la Note première doit renvoyer à l'endroit de l'Eloge historique où nous parlons de *Ninon de Lenclos.*

(1) Dans une des visites que nous eumes l'avantage de rendre à Voltaire, lors de son dernier séjour à Paris, nous assistâmes à une conversation déjà entamée avant notre arrivée. Voici ce que nous pumes en retenir : elle rouloit sur le chapitre des Femmes. Il n'est pas inutile de remarquer qu'en ce moment il n'y en avoit point dans le cercle.

Le Vieillard de Ferney, après avoir rendu un tribut de reconnoissance à la mémoire de *Ninon*, sa bienfaitrice, prétendoit que, du moment que le Sexe, né pour plaire, eut la prétention de vouloir instruire, la Morale & les Lettres tombèrent en décadence; que l'étiquette observée à la Cour, de retirer les Princes des mains des femmes, quand l'aurore de la Raison se léve pour eux, est un usage aussi judicieux que profitable; que la première éducation, ou l'éducation purement physique de la première enfance, est seule du ressort des femmes, sur-tout par rapport aux enfans Nobles; que l'esprit des femmes est né, comme l'abeille, pour se nourrir de la fleur de la Littérature; mais que le génie seul de l'homme est capable d'en cueillir les fruits; que, si Madame de Sévigné, par exemple, eût assez méconnu ses forces pour se livrer à corps perdu dans la carrière des Sciences, on eût peut-être lu son nom sur le Frontispice de quelque gros in-octavo bien pesant, bien triste, bien maussade; & nous aurions été privés, à coup sûr, du Recueil précieux de ses Lettres, qui sont autant de Chefs-d'œuvres & de modéles inimitables; qu'il est sur-tout des sujets interdits d'autant plus aux femmes, qu'ils devroient l'être même aux hommes. Qu'il est ridicule de voir, par exemple, une Madame Guyon *& autres*, se perdre à travers les questions Théologiques, & ne point s'en tenir au Texte pur du Code des Chrétiens; qu'une femme comme Madame Guyon *& autres*, qui, sans mission, prennent le parti de la Religion, ressemblent aux suivantes d'Omphale qui, pendant le sommeil d'Hercule, auroient voulu soulever sa

Maſſue pour en frapper l'Hydre aux cent têtes ; que les devoirs domeſtiques & les douces fonctions de la vie privée, ſont aſſez multipliées pour occuper toute entiere une femme de mérite. En un mot, qu'une femme qui embraſſe la Profeſſion d'écrire, & qui ſe place avec confiance ſur les bancs poudreux de l'Ecole, n'eſt pas moins ridicule que ces Soldats qui, pendant les loiſirs de la Caſerne, prennent l'aiguille de la Marchande de Modes, ou le tambour de la Brodeuſe, &c.

Le Vieillard de Ferney, qui avoit à cœur, ce jour-là, le chapitre des Femmes-Beaux-Eſprits, ajouta encore qu'il étoit de petits genres à leur portée. Que Madame Deshoulières s'eſt fait une juſte réputation par ſes Idylles des *Fleurs*, des *Moutons*, du *Ruiſſeau* ; qu'il étoit même des cas ou une femme pourroit prendre la plume avec quelque utilité ; une Inſtitutrice, par exemple, pour occuper les récréations de ſon Ecole, pouvoit s'amuſer à compoſer, pour ſes jeunes Elèves, de *petits Contes* ſans prétention ; de *petits Drames* bien naïfs, afin de former ſes Demoiſelles à la prononciation. Mais que cette même Femme ſeroit coupable, digne de blâme & de mépris, ſi elle négligeoit les jeunes perſonnes qu'on lui confie, en conſumant le temps qu'elle leur doit, à tranſcrire, à coudre, tant bien que mal, quelques lambeaux de lieux communs Théologiques, afin de ſatisfaire ſon amour-propre, en groſſiſſant la liſte, trop nombreuſe, des Apologiſtes de la Religion, qui n'en a que faire.

Voltaire en reſta-là, & parut en avoir dit un peu trop pour certaines perſonnes du Cercle ; d'autres, les plus âgées apparemment, furent entièrement de ſon avis. Nous-nous garderons bien de prononcer dans ce fâmeux Procès ; nous-nous bornerons au rôle de Rapporteur.

Lettre du Roi de Prusse à Voltaire.

J'Ai vu la Lettre que votre Nièce vous écrit de Paris : l'amitié qu'elle a pour vous, lui attire mon estime ; si j'étois Madame Denis, je penserois de même ; mais étant ce que je suis, je pense autrement ; je serois au désespoir d'être cause du malheur de mon ennemi ; & comment pourrois-je vouloir l'infortune d'un homme que j'estime, que j'aime, & qui me sacrifie sa Patrie, & tout ce que l'humanité a de plus cher ? Non, mon cher Voltaire ; si je pouvois prévoir que votre transplantation pût tourner le moins du monde à votre désavantage, je serois le premier à vous en dissuader. Oui, je préférerois votre bonheur au plaisir extrême que j'ai de vous avoir. Mais vous êtes Philosophe ; je le suis de même : qu'y a-t-il de plus naturel, de plus simple & de plus dans l'ordre, que des Philosophes faits pour vivre ensemble, se donnent cette satisfaction ? Je vous respecte comme mon Maître en éloquence & en savoir ; je vous aime comme un ami vertueux. Quel esclavage, quel malheur, quel changement, quelle inconstance de fortune y a-t-il à craindre dans un Pays où l'on vous estime autant que dans votre Patrie, & chez un ami qui a un cœur reconnoissant ? Je n'ai point la folle présomption de croire que Berlin vaut Paris. Si les richesses, la grandeur & la magnificence font une Ville aimable, nous le cédons à Paris. Mais vous, ne portez-vous pas ce goût partout où vous êtes ? Nous avons des organes qui nous suffisent pour vous applaudir ; &, en fait de sentimens, nous ne le cédons à aucun pays du monde. J'ai respecté l'amitié qui vous liait à Madame du Châtelet ; mais, après elle, j'étois un de vos plus anciens amis. Quoi ! parce que vous-vous retirez dans ma Maison, il sera dit que cette Maison devient une prison pour vous ! Quoi ! parce que je suis votre ami, je serai votre tyran ! Je vous avoue que je n'entends pas cette Logique là ; que je suis fermement persuadé que vous serez heureux ici tant que je vivrai ; que vous serez regardé comme le Père des Lettres & des Gens de goût, & que vous trouverez en moi toutes les consolations qu'un homme de votre mérite peut attendre de quelqu'un qui l'estime. Bon soir. FRÉDÉRIC.

Lettre de Son Altesse Madame la Princesse de Bareith, à Voltaire.

VOtre Lettre m'a sensiblement touchée ; celle que vous m'avez adressée pour le Roi, a fait le même effet sur lui. J'espère que vous serez satisfait de sa réponse, pour ce qui vous concerne. Mais vous le serez aussi peu que moi de ses résolutions. Je m'étois flattée que vos réflexions feroient quelque impression sur son esprit. Vous verrez le contraire dans le billet ci-joint. Il ne me reste qu'à suivre sa destinée, si elle est malheureuse. Je ne me suis jamais piquée d'être Philosophe ; j'ai fait mes efforts pour le devenir. Le peu de progrès que j'ai fait m'a appris à mépriser les grandeurs & les richesses ; mais je n'ai rien trouvé dans la Philosophie, qui puisse guérir les plaies du cœur, que le moyen de s'affranchir de ces maux, en cessant de vivre. L'état où je suis est pire que la mort ; je vois le plus grand homme du Siécle, mon frère, mon ami, réduit à la plus affreuse extrémité. Je vois ma famille entière exposée aux dangers & aux périls ; ma Patrie déchirée par d'impitoyables ennemis ; le Pays où je suis, peut être menacé de pareils malheurs. Plût au ciel que je fusse chargée toute seule des maux que je viens de vous décrire ! je le souffrirois, & avec fermeté.

Pardonnez-moi ce détail ; vous m'engagez, par la part que vous prenez à ce qui me regarde, de vous ouvrir mon cœur. Hélas ! l'espoir en est presque banni. La fortune, lorsqu'elle change, eſt auſſi conſtante dans ſes perſécutions que dans ſes faveurs. L'Hiſtoire eſt pleine de ces exemples ; mais je n'y en ai point trouvé de pareils à celui que nous voyons, ni une guerre auſſi inhumaine & cruelle parmi des Peuples policés. Vous gémiriez, ſi vous ſaviez la triſte ſituation de l'Allemagne & de la Pruſſe. Les cruautés que les Ruſſes commettent dans cette dernière, font frémir la Nature. Que vous êtes heureux dans votre Héritage, où vous-vous repoſez ſur vos Lauriers, & où vous pouvez philoſopher de ſang froid ſur l'égarement des Hommes ! Je vous y ſouhaite tout le bonheur imaginable ; ſi la fortune nous favoriſe encore, comptez ſur toute ma reconnoiſſance. Je n'oublierai jamais les marques d'attachement que vous m'avez données ; ma ſenſibilité vous en eſt un garant. Je ne ſuis jamais amie à demi, & je le ſerai toujours véritablement de Frère Voltaire. WILHELMINE.

Bien des complimens à Madame Denis ; continuez, je vous prie, d'écrire au Roi.

Quel eſt l'Homme-de-Lettres, vraiment digne de ce Nom, qui, en liſant ce que nous venons de tranſcrire, ne s'enorgueillira pas d'être né dans un Siécle où l'on a vu de pareils Souverains ! Qu'il nous ſoit permis de répéter ici ce que nous avons dit ailleurs, à l'occaſion de cette même Lettre. Combien ce ſtyle ne doit-il pas confondre le ſot orgueil de ces petits importans, de ces Perſonnages de la veille, qui, dans l'ivreſſe d'un moment de faveur, oſent ſe méconnoître aſſez pour écrire avec morgue, à des gens qui ont au moins ſur eux la prééminence du génie, & qui même, ſous d'autres rapports, voudraient à peine les reconnoître pour leurs égaux ! Il n'eſt guères d'Homme, du premier mérite, qui n'ait été expoſé quelquefois à recevoir de ces lettres d'une familiarité arrogante, & qui n'en ait ſouri d'indignation ou de pitié ; mais il faut convenir que cette baſſeſſe, déguiſée ſous le nom de morgue, eſt inconnue aux véritables Grands. Ce n'eſt ordinairement que pour l'excès de leur politeſſe, qu'ils ſemblent avertir des égards qui leur ſont dûs, & ce genre d'orgueil eſt bien ſupérieur à la vanité bourgeoiſe.

Voltaire comparait la Nation Anglaiſe à un muid de cette forte bierre, qui lui ſert de boiſſon. L'écume, diſait-il, eſt au deſſus, la lie eſt au fond, & le milieu eſt excellent.

Dans une Société brillante, quelqu'un dit à Voltaire : ah ! Monſieur, que vous devez être content de vos Ouvrages!.... Je ſuis, répondit-il, comme le Mari d'une coquette, dont tout le monde jouit, excepté lui.

Pendant la dernière maladie de Voltaire, le Médecin *Lorry* alla le voir ; le Philoſophe lui apprit le premier qu'il s'étoit confeſſé, & voyant ſourire le Docteur, il lui dit : *Vous me croyez donc bien impie.* L'Eſculape, ſervi par ſa mémoire, qui lui fournit en ce moment un Vers de citation heureuſe, lui répondit :

Vous craignez qu'on l'ignore, & vous en faites gloire.

Cependant, reprit Voltaire, tout cela me déplaît fort, ce train de vie m'aſſomme ; mais me voilà entre les mains de mes ennemis, il faut bien que je m'en dégage ; dès que je pourrai être tranſporté, je m'en vais ; j'eſpére que leur zèle ne me pourſuivra pas juſqu'à Ferney ; ſi j'y avois été, cela ne ſe ſeroit pas paſſé ainſi.

Adieux

Adieux du Vieillard.

ADIEU, mon cher Tibulle, autrefois ſi volage,
Mais toujours chéri d'Apollon,
Au Parnaſſe fêté, comme aux bords du Lignon,
Et dont l'Amour a fait un Sage.
Des Champs Elyſéens, adieu, pompeux Rivage,
De Palais, de Jardins, de prodiges bordé,
Qu'ont encore embelli, pour l'honneur de notre âge,
Les Enfans d'Henri-quatre, & ceux du Grand Condé.
Combien vous m'enchantiez, Muſes, Grâces nouvelles,
Dont les Talens & les Ecrits
Seraient de tous nos Beaux-Eſprits,
Ou la cenſure, ou les modèles !
Que Paris eſt changé ! les Welches n'y ſont plus.
Je n'entends plus ſiffler les ténébreux reptiles,
Les Tartuffes affreux, les inſolens Zoïles,
J'ai paſſé; de la Terre ils étaient diſparus.
Mes yeux, après trente ans, n'ont vu qu'un Peuple aimable;
Inſtruit, mais indulgent, doux, vif & ſociable,
Il eſt né pour aimer; l'élite des Français
Eſt l'exemple du monde, & vaut tous les Anglais;
De la Société, les douceurs déſirées,
Dans vingt Etats puiſſans ſont encore ignorées;
On les goûte à Paris, c'eſt le premier des Arts.
Peuple heureux, il naquit, il régne en vos remparts.
Je m'arrache en pleurant à ſon charmant Empire:
Je retourne à ces Monts qui menacent les Cieux,
A ces Antres glacés, où la Nature expire;
Je vous regretterois à la table des Dieux.

Vers de Voltaire à Madame Dudeffant, qui l'invitoit à aller à l'Opéra de Roland, avec elle.

DE ce Roland que l'on vous vante,
Je ne puis, avec vous, aller, ô Dudeffant,
Savourer la Musique & douce, & ravissante;
Si Tronchin le permet, Quinault me le défend.

Lettre de Frédéric II. à M. d'Alembert.

LE plus beau Monument de Voltaire, est celui qu'il s'érige lui-même, ses Ouvrages; ils subsisteront plus long-temps que la Basilique de S.-Pierre, le Louvre, & tous ces Bâtimens que la Vanité consacre à l'Eternité. On ne parlera plus Français, que Voltaire sera encore traduit dans la Langue qui lui aura succédé. Cependant, rempli du plaisir que m'ont fait ses productions si variées, & chacune si parfaite en leur genre, je ne pourrais, sans ingratitude, me refuser à la proposition que vous me faites de contribuer au Monument que lui élève la Reconnoissance publique. Vous n'avez qu'à m'informer de ce qu'on exige de ma part; je ne refuserai rien pour cette Statue, plus glorieuse pour les Gens-de-Lettres qui la lui consacrent, que pour Voltaire même; on dira que, dans ce dix-huitiéme siécle, où tant de Gens-de-Lettres se déchirent par envie, il s'en est trouvé d'assez nobles, d'assez généreux pour rendre justice à un Homme doué de génie & de talens supérieurs à tous les Siécles; que nous avons mérité de posséder Voltaire, & la Postérité la plus reculée nous enviera encore cet avantage. Distinguer les hommes célèbres, rendre justice au mérite, c'est encourager les talens & la vertu. C'est la seule récompense des belles ames; elle est bien due à tous ceux qui cultivent supérieurement les Lettres. Elles procurent les plaisirs de l'esprit, plus durables que ceux du corps; elles adoucissent les mœurs les plus féroces; elles répandent leurs charmes ſur tout le cours de la vie ; elles rendent notre exiſtence ſupportable, & la mort moins affreuſe. Continuez donc, MM., de protéger & de célébrer ceux qui s'y appliquent, & qui ont le bonheur, en France, d'y réuſſir. Ce ſera ce que vous pourrez faire de plus glorieux pour votre Nation. FRÉDÉRIC.

On a cru long-temps que les Ouvrages de Voltaire lui avoient rapporté des produits immenſes ; mais les Regiſtres des Comédiens feront foi qu'à l'exception de ſes premières Tragédies, dont il avoit tiré quelques émolumens, il n'a jamais reçu la part d'Auteur qu'il étoit en droit d'exiger. Pluſieurs Libraires, Cramer de Génève, entr'autres, ſe ſont fait un devoir de publier qu'ils lui avoient l'entière obligation de leur fortune, ſans qu'il ait accepté d'eux la plus légère rétribution.

Vers de M. de Voltaire à Madame Hébert, qui lui avoit envoyé deux Remèdes, l'un contre l'hémoragie, l'autre contre une fluxion ſur les yeux.

JE perdais tout mon ſang, vous l'avez conſervé ;
Mes yeux étaient éteints, & je vous dois la vue.
Si vous m'avez deux fois ſauvé,
Grace ne vous ſoit point rendue ;
Vous en faites autant pour la foule inconnue
De cent Mortels infortunés.
Vos ſoins ſont votre récompenſe.
Doit-on de la reconnaiſſance,
Pour les plaiſirs que vous prenez.

Les plus Illuſtres Souverains, qui ont régné dans ce Siécle ; ont témoigné à Voltaire un attachement bien honorable pour les Lettres. On diſtingue parmi eux Staniſlas, Roi de Pologne ; le Pape Benoît XIV ; Madame la Margrave de Bareith, & ſurtout Frédéric-le-Grand, Roi de Pruſſe, & l'Impératrice de

Russie, Catherine II. Leur correspondance avec un Philosophe solitaire, formeroit un Monument bien précieux pour la Littérature & pour la Postérité; nul autre, sans doute, ne pourroit lui être comparé, soit dans l'antiquité, soit chez les modernes. Car les Lettres qui nous restent de l'Empereur Julien, aux Philosophes Maxime, Porphire, Jamblique, Libanius, &c., & leurs réponses, sont en très-petit nombre; & quoi que fort intéressantes par le nom de leurs Auteurs, & par le temps où elles furent écrites, elles n'approchent d'ailleurs, à aucun égard, du Recueil dont nous parlons.

Lettre de Catherine II, Impératrice de Russie, avec cette Inscription.

Pour Madame Denis, Nièce d'un Grand-Homme qui m'aimoit beaucoup.

JE viens d'apprendre, Madame, que vous consentiez à remettre entre mes mains ce Dépôt précieux que M. votre Oncle vous a laissé, cette Bibliothéque que les ames sensibles ne verront jamais, sans se souvenir que ce Grand-Homme sçut inspirer aux Humains cette Bienfaisance universelle que tous ses Ecrits, même ceux de pur agrément, respirent. Personne, avant lui, n'écrivit comme lui à la race future; il servira d'exemple & d'écueil. Il faudroit unir le Génie & la Philosophie, aux connoissances & à l'agrément, en un mot être M. de Voltaire pour l'égaler. Si j'ai partagé avec toute l'énergie vos regrets, Madame, sur la perte de cet *Homme incomparable*, vous-vous êtes mise en droit de participer à la reconnoissance que je dois à ses Ecrits. Je suis sans doute très-sensible à l'estime & à la confiance que vous me marquez; il m'est bien flatteur de voir qu'elles sont héréditaires dans votre Famille. La noblesse de vos procédés vous est caution de mes sentimens à votre égard. J'ai chargé Mr

Grimm de vous remettre quelques foibles témoignages (1) dont je vous prie de faire usage. *signé* CATHERINE.

Epitaphe de Voltaire, par M. Le Brun.

O PARNASSE ! frémis de douleur & d'effroi !
Pleurez, Muses ! brisez vos Lyres immortelles !
Toi ! dont il fatigua les cent voix, & les ailes,
Dis que Voltaire est mort, pleure, & repose toi.

Vers pour le Portrait de Voltaire.

FAMEUX dès ses plus jeunes ans ;
Son Nom vivra dans tous les âges :
Il a pour titre & pour garans,
Ses ennemis & ses Ouvrages.

Extrait d'une Lettre de Voltaire à l'Abbé de Voisenon.

IL est bien vrai que l'on m'anonce
Les Lettres de Maître Clément.
Il a beau m'écrire souvent,
Il n'obtiendra pas de réponse ;
Je ne serai pas assez sot
Pour m'embarquer dans ces querelles.
Si c'eut été Clément Marot,
Il auroit eu de mes nouvelles.

IMPROMPTU.

Madadame P***. badinant avec Voltaire, lui disoit des choses agréables ; &, entr'autres, combien elle s'intéressoit à sa santé ;

(1) Sa Majesté Impériale a envoyé à Madame Denis, actuellement Madame Duvivier, une Boîte d'or, ornée de son Portrait, enrichie de diamans ; des fourrures du plus grand prix, & cinquante mille écus de notre monnoie.

lui ajoutant impérieusement qu'il falloit qu'il se conservât. Ce Poëte octogénaire lui répondit sur le champ, avec une ingénieuse vivacité.

Vous voulez arrêter mon ame fugitive;
Ah! Madame, je le crois bien;
De tout ce qu'on possède, on ne veut perdre rien;
On veut que son esclave vive.

Couplet sur Voltaire, retenu d'une Chanson Maçonne.

Au seul nom de l'Illustre Frère,
Tout Maçon triomphe aujourd'hui;
S'il reçoit de nous la Lumière,
Le Monde la reçoit de lui.

Peu de temps avant la maladie de Voltaire, il vint voir à table Madame de Villette; &, après quelques momens du recueillement le plus sombre, il lui dit: » Vous êtes comme ces Rois d'Egypte qui, en mangeant, avoient une tête de mort devant eux.

Il disoit, sur son arrivée à Paris: » Je suis venu chercher la » gloire & la mort.

Il répondit à un Artiste qui lui présentoit le Tableau de son Triomphe: » C'est mon Tombeau qu'il me faut, & non pas » mon Triomphe.

La Reine étant à une représentation d'*Irène*, transcrivoit au crayon les plus beaux Vers relatifs à Dieu & à la Religion; comme ils étoient édifians, un bon plaisant s'écria: *On voit bien que l'Auteur a été à Confesse.* On présume que Sa Majesté vouloit citer au Roi ces Passages, pour justifier sur ses sentimens, le Philosophe si décrié.

M. de Tersac, Curé de S.-Sulpice, ayant appris que Voltaire s'étoit confessé à l'Abbé Gaulthier, témoigna à M. le Marquis de Villette, le regret de s'être vu échapper cette Ouaille: le rapport en ayant été fait au Philoſophe convaleſcent, il écrivit au Paſteur la Lettre ſuivante :

MONSIEUR,

M. le Marquis de Villette m'a annoncé que, ſi j'avois pris la liberté de m'adreſſer à vous-même, pour la démarche néceſſaire que j'ai faite, vous auriez eu la bonté de quitter vos importantes occupations pour venir, & daigner remplir auprès de moi des fonctions que je n'ai cru convenables qu'à des Subalternes, auprès des Paſſagers qui ſe trouvent dans votre Département.

M. l'Abbé Gaulthier avoit commencé par m'écrire ſur le bruit ſeul de ma maladie; il était venu enſuite s'offrir de lui-même, & j'étais fondé à croire que, demeurant ſur votre Paroiſſe, il venait de votre part. Je vous regarde, Monſieur, comme un Homme du premier Ordre de l'Etat; je ſçais que vous ſoulagez les Pauvres en Apôtre, & que vous les faites travailler en Miniſtre.

Plus je reſpecte votre Perſonne & votre état, plus je crains d'abuſer de vos extrêmes bontés. Je n'ai conſidéré que ce que je dois à votre naiſſance, à votre Miniſtére & à votre mérite. Vous êtes un Général à qui j'ai demandé un Soldat.

Je vous ſupplie de me pardonner d'avoir ignoré la condeſcendance avec laquelle vous ſeriez deſcendu juſqu'à moi! Pardonnez-moi auſſi l'importunité de cette Lettre; elle n'exige pas l'embarras d'une réponſe; votre temps eſt trop précieux.

J'ai l'honneur d'être, VOLTAIRE.

Réponſe qui fut envoyée par le même Commiſſionnaire.

MONSIEUR,

Tous mes Paroiſſiens ont droit à mes ſoins, que la néceſſité ſeule me fait partager avec mes Coopérateurs; mais quelqu'un comme M. de Voltaire, eſt fait pour attirer toute mon attention. Sa célébrité qui fixe ſur lui les yeux de la Capitale, de la France, & même de l'Europe, eſt bien digne de la ſollicitude Paſtorale d'un Curé.

La démarche que vous avez faite, n'étoit néceſſaire qu'autant qu'elle pourroit être utile & conſolante, dans le danger de votre maladie. Mon Miniſtère ayant pour objet le vrai bonheur de l'Homme, en tournant à ſon profit les miſères inſéparables de ſa condition, & en diſſipant par la Foi les ténébres qui offuſquent ſa raiſon, & le bornent dans le cercle étroit de cette vie : jugez avec quel empreſſement je dois l'offrir à l'Homme le plus diſtingué par ſes Talens, dont l'exemple feroit ſeul des milliers d'heureux, & peut-être l'époque la plus intéreſſante aux Mœurs, à la Religion, & à tous les vrais Principes, ſans leſquels la Société ne ſera jamais qu'un aſſemblage de malheureux inſenſés, diviſés par leurs paſſions, & tourmentés par leurs remords.

Je ſçais que vous êtes Bienfaiſant ; ſi vous me permettez de vous entretenir quelquefois, j'eſpère que vous conviendrez qu'en adoptant parfaitement la ſublime Philoſophie de l'Evangile, vous pourriez faire le plus grand bien, & ajouter à la gloire d'avoir porté l'eſprit Humain au plus haut dégré de ſes connoiſſances, le mérite de la Vertu la plus ſincère, dont la Sageſſe Divine, revêtue de notre Nature, nous a donné la juſte idée, & fourni le parfait Modèle que nous ne pouvons trouver ailleurs.

Vous me comblez de choſes obligeantes que vous voulez bien me dire, & que je ne mérite pas ; il ſeroit audeſſus de mes forces d'y répondre, en me mettant au nombre des Sçavans, & des Gens d'eſprit, qui vous portent avec tant d'empreſſement leurs Tributs & leurs Hommages : pour moi, je n'ai à vous offrir que le vœu de votre ſolide bonheur, & la ſincérité des Sentimens avec leſquels j'ai l'honneur d'être,

LE CURÉ DE S.-SULPICE.

Lettre

Lettre du Roi de Prusse à M. d'Alembert, sur la Mort de Voltaire.

QUELLE perte irréparable pour les Lettres, & que de Siécles s'écouleront peut-être sans produire un tel Génie! .... S'il fût retourné à Ferney, peut-être seroit-il encore! .... Il vivra à jamais; mais j'aurois désiré qu'il eût pu être encore long-temps le témoin de sa Gloire.... Il a du moins joui de la consolation de recevoir avant sa mort les Hommages de ses Compatriotes.... L'Académie de Berlin, & moi, nous-nous proposons de payer au Grand-Homme qui vient de mourir, le juste Tribut qui est du à ses Cendres. Les Germains mettront tous leurs soins à rendre à ce beau Génie la justice que la France lui devoit à tant de titres; ils ne seront contens d'eux-mêmes, que lorsqu'ils auront peint avec énergie, à l'Europe entière, & à la France en particulier, la perte irréparable qu'elle vient de faire.

Il n'y a plus, comme autrefois, d'Amateurs des Beaux Arts & des Sciences. Si ces Arts se perdent, comme je le prévois, à quoi l'attribuer qu'au peu de cas qu'on en fait? Pour moi, je les aimerai jusqu'à mon dernier soupir. Je ne trouve de consolation, pour supporter le fardeau de la vie, qu'avec les Muses; & je vous assure que, si j'avois été maître de mon destin (1), ni l'orgueil du Trône, ni le Commandement des Armées, ni le frivole goût des dissipations ne l'auroient emporté sur elles.

Il falloit du courage, & quelque chose de plus, pour refuser son estime & son attachement à un Homme universel dans les

(1) O vous! s'écrie d'Alembert, ô vous, qui que vous soyez, Détracteurs ou Contempteurs des Lettres! ô vous qui prenez tant de plaisir à les voir en butte à la calomnie & aux outrages, lisez ces mots tracés par un Grand Roi, & rougissez. Et vous, Ecrivains honnêtes, qui êtes l'objet des outrages & de la calomnie, lisez aussi ces mots, & consolez-vous.

petites choses comme dans les grandes ; à un Génie supérieur, qui ne dédaignoit pas de se faire tout à tous ; & qui, pour l'intérêt de la vérité & des Lettres, aimoit à se communiquer, à élever jusqu'à lui ceux qui l'approchoient; ou à descendre jusqu'à eux. Ensorte que tout le monde le quittoit également satisfait & d'eux & de lui : les uns fiers d'avoir pu entendre sa langue ; les autres enchantés d'avoir mérité qu'il ait pris garde à eux, & d'avoir été l'occasion d'une saillie heureuse.

Lettre de J.-B. Rousseau, à M. de Voltaire, sur la Tragédie d'Œdipe.

» MALGRÉ l'éloignement qui nous sépare, Monsieur, je ne » vous ai jamais perdu de vue ; & mon amitié vous a toujours » suivi, sans interruption, dans les différens événemens dont » votre vie a été mélangée. Il y a long-temps que je vous re» garde comme un Homme destiné à faire un jour la gloire » de son Siécle, & j'ai eu la satisfaction de voir que toutes » les personnes qui me font l'honneur de m'écouter, en ont » porté le même jugement que moi, sur les divers Ouvrages que » je leur ai souvent lus de vous. Dans les temps que je jouissois » du plaisir de voir croître une réputation qui m'est si chère, » j'ai eu la douleur d'apprendre les traverses dont vos succès » ont été interrompus, & je puis vous assurer que je ne les ai » guère moins vivement senties que les miennes propres .... » Vous en voilà quitte, du moins je l'espère ainsi, pour le reste » de vos jours. Je souhaite qu'ils soient aussi longs que ceux » de Corneille, à qui vous succédez si dignement.

» Je n'ai reçu qu'hier le présent que vous avez eu la bonté » de me faire de la Tragédie dans laquelle vous avez lutté si » avantageusement contre ce fameux moderne ; je ne doutois » nullement que l'avantage ne fût de votre côté ; mais je ne » m'attendois pas que vous sortissiez si glorieusement du combat

» contre Sophocle ; & malgré la juste prévention où je suis pour
» l'antiquité, je suis obligé d'avouer que le François de vingt-
» quatre ans a triomphé, en beaucoup d'endroits, du Grec de
» quatre-vingt. Ce qui m'a le plus surpris, dans un Auteur de
» votre âge, c'est l'économie admirable de votre Piéce, & la
» manière judicieuse & adroite avec laquelle vous l'avez choisie.
» Vous n'étiez pas obligé, non plus que Sophocle, de les éviter
» tous : mais vous avez parfaitement rempli, aussi bien que lui,
» l'indispensable obligation d'attacher la curiosité du spectateur, &
» d'émouvoir ses passions; régle à laquelle toutes les autres régles
» du Théâtre sont tellement subordonnées, que sans elle, une
» Piéce sans défauts est une Piéce détestable. Vos caractères ne sont
» pas moins justes que votre disposition, & je ne sçaurois approu-
» ver la critique que vous faites vous-même de celui de Philoctète;
» la modestie qui sied si bien aux Grands-Hommes n'étant point
» une vertu du caractère des Héros fabuleux, & étant même
» contraire à la simplicité des premiers temps, comme la va-
» nité le serait à la politesse du nôtre.....

Il entre dans une foule d'autres détails, qui prouvent qu'en effet il reconnoissoit, dans la Tragédie de Voltaire, une véritable supériorité sur celle de Sophocle, & il finit par l'assurer des sentimens les plus tendres. Au reste, ce qu'il écrivoit à Voltaire, il l'écrivoit pareillement à Brossette, & à d'autres..... » Je vous avouerai ingénûment & sans prévention, » dit-il à Brossette, que j'ai trouvé la Piéce plus belle encore » que je ne me l'étois figuré, & que je ne m'attendois pas à » trouver si peu de fautes dans la conduite d'un Ouvrage où » Corneille lui-même a échoué «. Il vante, & la prodigieuse difficulté du sujet, & les inconvéniens que l'Auteur a évités avec plus d'art que Sophocle lui-même. Enfin, il justifie, d'après les caractères d'Homère, celui de Philoctète, dont Voltaire paroissoit mécontent, & il est en tout du même avis que dans la Lettre précédente.

Voici ce qu'il écrivit depuis ſur la *Henriade*.

» M. de Voltaire a paſſé ici trois ſemaines, pendant leſquelles » nous ne nous ſommes guère quittés. J'ai été charmé de voir » un jeune homme d'une ſi grande eſpérance : il a eu la bonté » de me confier ſon Poëme pendant quelques jours. Je puis » vous aſſurer qu'il fera un très-grand honneur à l'Auteur. Notre » Nation avoit beſoin d'un Ouvrage comme celui-là : l'écono- » mie en eſt admirable, & les Vers parfaitement beaux, à » quelques endroits près, ſur leſquels il eſt entré dans ma pen- » ſée, je n'y ai rien trouvé qui puiſſe être critiqué raiſonna- » blement «.

Répétons ici ce que nous avons déjà cité ailleurs, la Lettre que Voltaire écrivit enfin, après la mort de J.-B. Rouſſeau, & rediſons encore que, pour ſa propre gloire, il auroit du perſévérer dans ſes ſentimens.

» J'ai reçu, Monſieur, la Lettre que vous m'avez fait l'hon- » neur de m'écrire, avec votre projet de ſouſcription pour les » Œuvres du célébre Poëte dont vous êtiez l'ami. Je me mets » très-volontiers au rang des Souſcripteurs, quoique j'aie été » malheureuſement au rang de ſes ennemis le plus déclarés. » Je vous avouerai même que cette inimitié peſoit beaucoup » à mon cœur. J'ai toujours penſé, j'ai dit, j'ai écrit que les » Gens-de-Lettres devroient être tous frères..... Il ſembloit » que la deſtinée, en me conduiſant dans la Ville où l'Illuſtre » & malheureux Rouſſeau a fini ſes jours, me ménageât une » réconciliation avec lui. L'eſpèce de maladie dont il étoit acca- » blé, m'a privé de cette conſolation, que nous avions tous » deux également ſouhaitée ; l'amour de la paix l'eut emporté » ſur tous les objets d'aigreur qu'on avoit ſemés entre nous. Ses » talens, ſes malheurs, & ce que j'ai ouï dire ici de ſon ca- » ractère, ont banni de mon cœur tout reſſentiment, & n'ont » laiſſé mes yeux ouverts qu'à ſon mérite «.

Anecdote sur la Famille de Voltaire.

ON a inſéré dans les Affiches de Poitiers, une Lettre de M. Dumouſtier de Lafond, Capitaine d'Artillerie, & Membre de pluſieurs Académies, contenant une Piéce de Vers qu'un de ſes Ancêtres Paternels (*Antoine Dumouſtier*) fit ſur la mort de *René Arouet*, ſon ami, arrivée en 1499, & qui, quoiqu'apliquée aſſez heureuſement, plus de cent ans après, à Scévole de Ste-Marthe, par *Daniel Feroux*, qui la récita dans l'Auditoire du Palais de Loudun, le 23 Avril 1623, prouve deux choſes; la première, que la Famille de M. *Arouet de Voltaire* étoit originaire du Poitou; & la ſeconde, que *René Arouet*, un de ſes Ancêtres, étoit fort eſtimé pour ſes talens. M. Dumouſtier ayant envoyé, il y a environ dix-huit mois, cette même Piéce, à Voltaire, en lui faiſant diverſes queſtions ſur le lieu qui avoit donné naiſſance à ſa Famille, en reçut une Réponſe qu'on a également inſérée dans les Affiches. » Voici, dit-il au « Rédacteur de cette Feuille, ces Vers, que je vous engage à » publier, moins pour la gloire de leur Auteur, quoiqu'on » doive les trouver bons, relativement à l'époque où ils ont » été faits, que parce qu'ils atteſtent que la Famille de M. de » Voltaire eſt ancienne en Poitou, & qu'il ſe trouvait déjà, » il y a deux-cents ans, dans cette Famille, un Auteur à qui » on donnait des éloges; ce qui eſt toujours honorable pour » notre Province, où il exiſte encore de ſes Parens, connus » pour tels «.

Muſes, que penſiez-vous, quand la Mort l'a ſurpris?
Etiez-vous, dites-moi, en quelque profond ſomme?
Parmi vous & les Dieux, il étoit en grand prix:
Il a vécu comme eux, il eſt mort comme un homme.

Mais lequel doit-on plus admirer ou pleurer;

Admirer ses beaux ans, ou bien pleurer sa perte !
Quant à moi, je ne puis me lasser d'admirer,
Non plus que de pleurer, la Mort qu'il a soufferte.

Non, non, ce n'est assez de répandre des pleurs :
Ne restons après lui, sa mort nous fait envie ;
Et suivons au Tombeau, accablés de douleurs,
Celui dont on ne peut approcher de la vie.

» Ne sembleroit-il pas, continue M. Dumoustier, que c'est-là » à peu près ce qu'on a dit, & ce qu'on devoit dire sur la Mort » de M. de Voltaire lui-même ? C'est ajouter à son Eloge, que » de rappeller qu'un de ses Ancêtres a mérité & obtenu un pa» reil hommage ; & cette circonstance est remarquable, & peut» être unique dans une même Famille, après deux Siécles d'in» tervalle entre les deux époques. Quoi qu'il en soit, voici la » Lettre dont M. de Voltaire m'honora peu de temps avant sa » mort : elle est datée de Paris, le 7 Avril 1778 : *Monsieur,* » *l'Isle de Délos eut son Apollon, la Sicile ses Muses, &* » *Athènes sa Minerve. Les Villes de Loudun & de S.-Loup,* » *à l'exemple des sept Villes qui combattirent autrefois pour la* » *Naissance d'Homère, voudroient-elles aujourd'hui combattre* » *pour être le lieu de la Naissance de mes Ancêtres ? Je n'ai au-* » *cune voie de conciliation à leur proposer. Si cette découverte* » *les intéresse, elles ne manqueront pas de moyens pour la faire.* » *Les Vers que fit* Antoine Dumoustier, *un de vos Ancêtres,* » *sur la Mort de* René Arouet, *qui peut aussi être un des miens,* » *sont animés d'un caractère d'amitié qui fait honneur au cœur* » *de celui qui les a écrits. Puisque vous travaillez à l'Histoire* » *de votre Province, évitez avec soin le trop grand flegme du* » *style assez ordinaire aux Personnes qui, comme vous, par état* » *ou par goût, s'appliquent aux Mathématiques. Je suis, avec* » *toute la considération que vous méritez, &c.* «

Signé, AROUET DE VOLTAIRE.

Anecdote & Sentiment du Roi de Prusse, sur la Henriade.

IL se débita, à Paris, une Satyre en Vers indécens, contre le Duc d'Orléans, alors Régent du Royaume. Un La Grange, Auteur de cette œuvre de ténébres, pour éviter d'être soupçonné, trouva le moyen de la faire passer sous le nom de M. de Voltaire. Le Gouvernement agit avec précipitation ; le jeune Poëte, tout innocent qu'il étoit, fut conduit à la Bastille, où il demeura quelques mois. Mais, comme le propre de la vérité est de se faire jour plus tôt ou plus tard, le coupable fut puni, & M. de Voltaire justifié & relâché. Croira-t-on que ce fut à la Bastille même que notre jeune Poëte composa les deux premiers Chants de sa *Henriade ?* Cependant cela est vrai : sa Prison devint un Parnasse pour lui, où les Muses l'inspirèrent. Ce qu'il y a de certain, c'est que le second Chant est demeuré tel qu'il l'avoit d'abord minuté, faute de papier & d'encre ; il en apprit les Vers par cœur, & les retint.

L'Histoire rapporte que Virgile, en mourant, peu satisfait de l'*Énéïde*, qu'il n'avoit pu autant perfectionner qu'il l'auroit désiré, voulut la brûler. La longue vie dont jouit M. de Voltaire, lui permit de limer & de corriger son Poëme de la *Ligue*, & de le porter à la perfection où il est parvenu sous le nom de la *Henriade*. Les envieux de notre Auteur lui reprochèrent que son Poëme n'étoit qu'une imitation de l'*Énéïde* ; & il faut convenir qu'il y a des Chants dont les sujets se ressemblent ; mais ce ne sont pas des copies serviles. Si Virgile dépeint la destruction de Troye ; Voltaire étale les horreurs de la S.-Barthélemi : aux Amours de Didon & d'Enée, on compare les Amours de Henri IV & de la belle Gabrielle d'Estrée : à la descente d'Énée aux Enfers, où Anchise lui découvre la postérité qui doit naître de lui, l'on oppose le Songe de Henri IV, & l'avenir que S.-Louis dévoile, en lui annonçant le destin des

Bourbons. Si j'osois hazarder mon sentiment, j'adjugerois l'avantage de deux Chants au François, à sçavoir celui de la S.-Barthélemi, & du Songe de Henri IV. Il n'y a que les Amours de Didon où il paroît que Virgile l'emporte sur Voltaire, parce que l'Auteur Latin intéresse & parle au cœur, & que l'Auteur François n'emploie que des Allégories. Mais si l'on veut examiner ces deux Poëmes de bonne-foi, sans préjugés pour les anciens, ni pour les modernes, on conviendra que beaucoup de détails de l'*Énéïde* ne seroient pas tolérés de nos jours, dans les Ouvrages de nos Contemporains : comme, par exemple, les honneurs funèbres qu'Énée rend à son Père Anchise ; la Fable des Harpies ; la Prophétie qu'elles font aux Troyens, qu'ils seront réduits à manger leurs assiettes, & cette Prophétie qui s'accomplit : la Truie avec ses neuf petits, qui désigne le lieu d'établissement où Énée doit trouver la fin de ses travaux ; ses Vaisseaux changés en Nymphes ; un Cerf tué par Ascagne, qui occasionne la guerre des Troyens & des Rutules ; la haine que les Dieux mettent dans le cœur d'Amate & de Lavinie, contre cet Énée que Lavinie épouse à la fin. Ce sont peut-être ces défauts dont Virgile étoit lui-même mécontent, qui l'avoient déterminé à brûler son Ouvrage, & qui, selon les sentimens des Censeurs judicieux, doivent placer l'*Énéïde* au dessous de la *Henriade*. Si les difficultés vaincues sont le mérite d'un Auteur, il est certain que M. de Voltaire en trouva plus à surmonter que Virgile. Le Sujet de la *Henriade* est la Réduction de Paris, due à la Conversion de Henri IV. Le Poëte n'avoit donc pas la liberté de mouvoir à son gré le systême merveilleux ; il étoit réduit à se borner aux Mystères des Chrétiens, bien moins féconds en Images agréables & pittoresques, que n'étoit la Mythologie des Gentils. Toutes-fois on ne sçauroit lire le deuxième Chant de la *Henriade*, sans convenir que les charmes de la Poësie ont le don d'ennoblir tous les Sujets qu'elle traite.

FIN.

ORDRE DES LIVRAISONS.

Discours d'Introduction.

La Vie de Léon X.

François I.

Pierre le Grand.

Le Docteur Young.

Erasme.

Le Comte Wenceslas Rézéwouski.

Newton.

Fréderic II, Roi de Prusse.

Montesquieu.

Voltaire.

Défauts constatés sur le document original

Contraste insuffisant ou différent, mauvaise qualité d'impression

Under-contrast or different, bad printing quality

www.ingramcontent.com/pod-product-compliance
Ingram Content Group UK Ltd.
Pitfield, Milton Keynes, MK11 3LW, UK
UKHW031944260826
14628UKWH00004B/1845

9 782019 710064